Jones Library, Inc.
43 Amity Street
Amherst, MA 01002

WITHDRAWN

Visita nuestro sitio www.av2books.com e ingresa el código único del libro.
Go to www.av2books.com, and enter this book's unique code.

CÓDIGO DEL LIBRO
BOOK CODE

C673686

AV² de Weigl te ofrece enriquecidos libros electrónicos que favorecen el aprendizaje activo.
AV² by Weigl brings you media enhanced books that support active learning.

El enriquecido libro electrónico AV² te ofrece una experiencia bilingüe completa entre el inglés y el español para aprender el vocabulario de los dos idiomas.
This AV² media enhanced book gives you a fully bilingual experience between English and Spanish to learn the vocabulary of both languages.

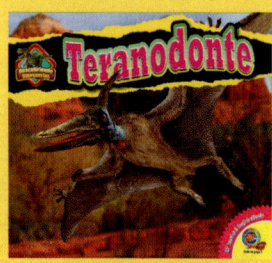

Spanish   **English**

Navegación bilingüe AV²
AV² Bilingual Navigation

OPCIÓN DE IDIOMA
LANGUAGE TOGGLE

CAMBIAR LA PÁGINA
PAGE TURNING

CERRAR
CLOSE

INICIO
HOME

VISTA PRELIMINAR
PAGE PREVIEW

Copyright ©2016 AV² de Weigl. Library of Congress Cataloging-in-Publication Data se encuentra en la página 24.
Copyright ©2016 AV² by Weigl. Library of Congress Cataloging-in-Publication Data is located on page 24.

Teranodonte

En este libro, aprenderás

qué significa su nombre

cómo era

dónde vivía

qué comía

y mucho más.

Este es el teranodonte.
Su nombre significa
alado y sin dientes.

Era un gran reptil volador llamado terosaurio.

Era tan alto como una persona adulta.

Sus alas podían llegar a medir hasta 30 pies de ancho.

Comía carne.
Se alimentaba de pescado y otros animales pequeños que encontraba cerca del agua.

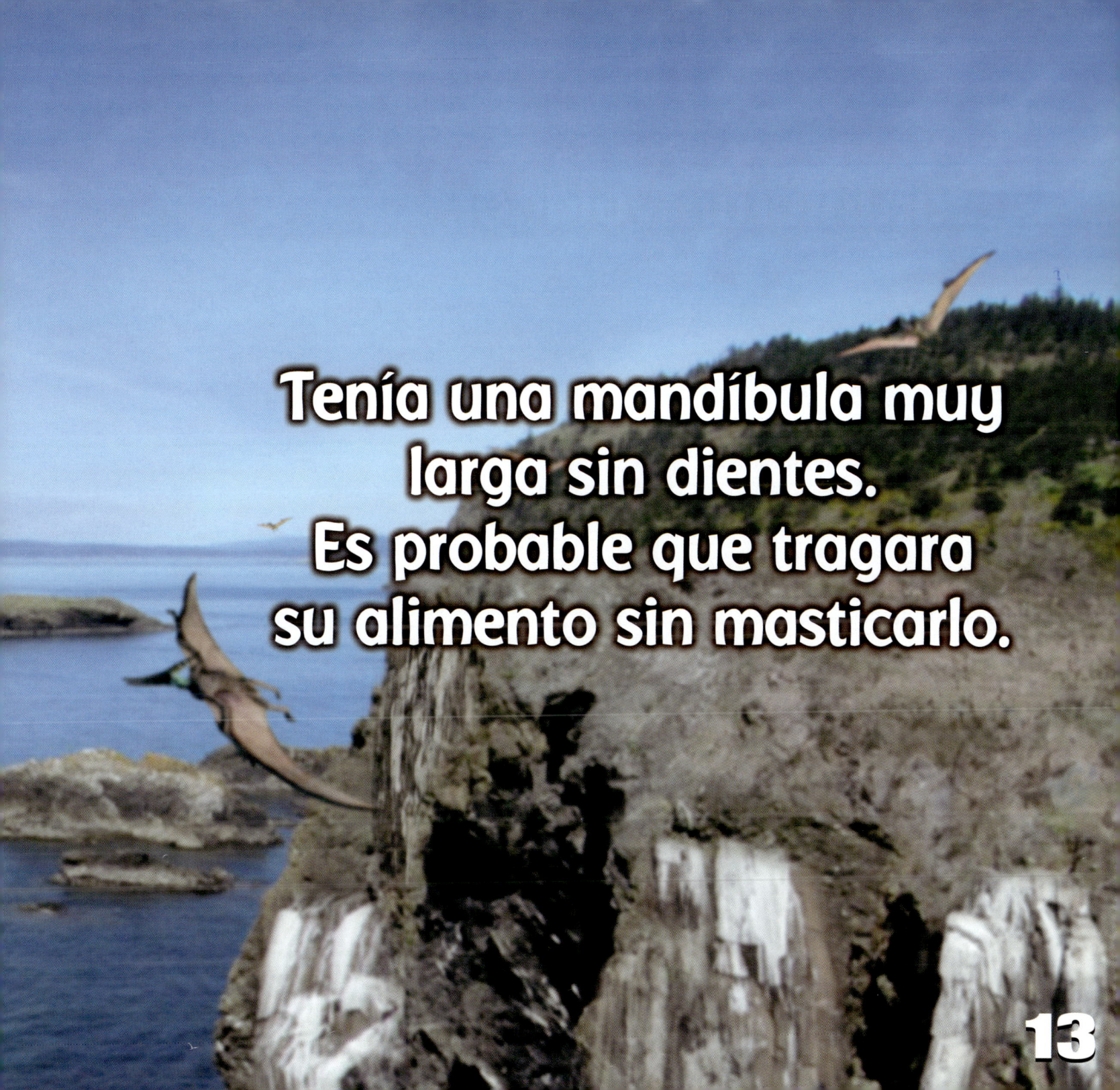

Tenía una mandíbula muy larga sin dientes.
Es probable que tragara su alimento sin masticarlo.

Era un gran volador.

Podía planear con sus enormes alas y volar grandes distancias.

15

Vivía cerca de grandes cuerpos de agua.

Fue encontrado en la parte sur de África.

Vivió hace más de 100 millones de años.

Se lo conoce por sus fósiles.

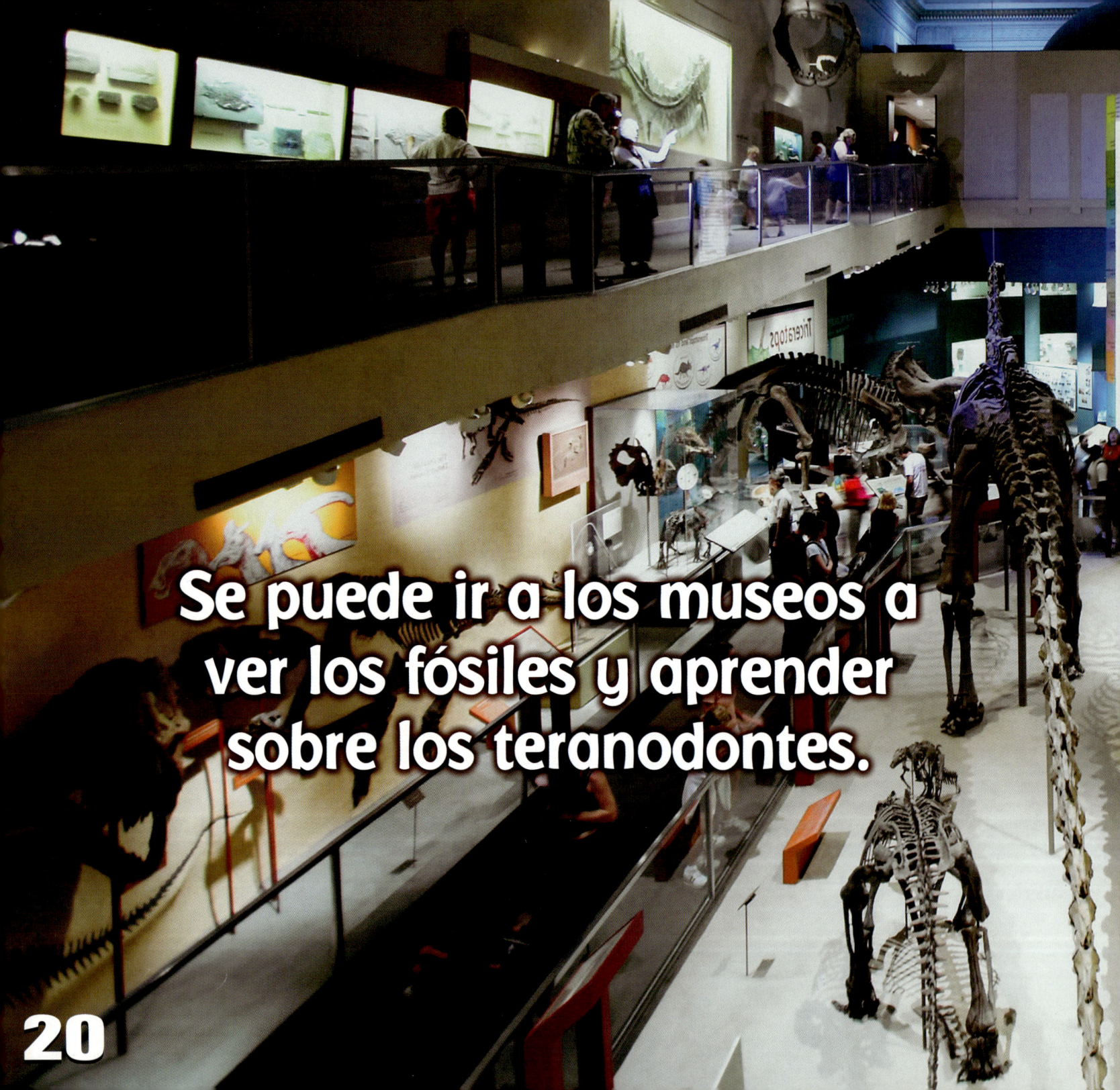

Se puede ir a los museos a ver los fósiles y aprender sobre los teranodontes.

21

Datos sobre los teranodontes

Estas páginas contienen más detalles sobre los interesantes datos de este libro. Están dirigidas a los adultos, como soporte, para que ayuden a los jóvenes lectores a redondear sus conocimientos sobre cada sorprendente dinosaurio o terosaurio presentado en la serie *Descubriendo Dinosaurios*.

Páginas 4–5

Teranodonte significa alado y sin dientes. Es uno de los reptiles voladores prehistóricos más conocidos. El teranodonte era famoso por su cuerpo esbelto y desplumado y por su cresta larga y puntiaguda detrás de la cabeza. Los científicos no están seguros si el teranodonte tenía escamas, como los reptiles actuales, o estaba cubierto de piel. A veces, se lo llama, erróneamente, terodáctil, pero este nombre se aplica más precisamente a los terodáctilos mucho más pequeños.

Páginas 6–7

El teranodonte no era un dinosaurio. Era un tipo de reptil volador llamado terosaurio. Los terosaurios se encontraban en América del Norte, África, Europa y Australia. Variaban en tamaño desde unas pocas pulgadas (centímetros) hasta el gigante quetzalcoatlus, que tenía la altura de una jirafa y una envergadura alar de 35 pies (10,7 metros). Los terosaurios tenían huesos huecos, cerebros relativamente grandes y buena vista. Sus alas estaban formadas por membranas correosas que se extendían por sus brazos y manos. Tenían un cuarto dedo, extremadamente largo, integrado a cada ala.

Páginas 8–9

El teranodonte era tan alto como una persona adulta. Era considerado un terosaurio mediano. Medía unos 6 pies (1,8 metros) de alto y su envergadura alar alcanzaba los 25 pies (7,6 m) de ancho. Esto era un poco más que el doble del tamaño de un cóndor actual. A pesar de su tamaño, por sus huesos huecos, el teranodonte era bastante liviano. Los científicos estiman que el teranodonte pesaba solo entre 20 y 25 libras (9 y 11 kilogramos).

Páginas 10–11

El teranodonte era carnívoro, se alimentaba de carne. Mayormente, comía pescado y otros animales que vivían en el agua. Pero el teranodonte no solo comía animales acuáticos. A veces comía insectos, especialmente durante sus primeros años de vida. Los científicos creen incluso que el teranodonte hurgaba entre los animales muertos que encontraba en el suelo.

Páginas 12–13

El teranodonte tenía una mandíbula muy larga sin dientes. Se cree que el teranodonte cazaba de forma similar a como lo hacen los pelícanos actuales. Es probable que volara sobre el agua y usara su pico para atrapar a los peces que nadaban debajo de la superficie. Sin dientes, el teranodonte no podía masticar su comida. Por eso, debía tragársela entera.

Páginas 14–15

El teranodonte podía desplazarse largas distancias volando. Estudiando sus alas y huesos, los científicos determinaron que el teranodonte planeaba más de lo que aleteaba durante su vuelo. El teranodonte tenía un cuerpo liviano y esbelto, que era bastante pequeño en comparación con el tamaño de sus alas. Esto lo ayudaba a planear por largas distancias, similar a como vuelan muchas de las aves modernas más grandes. La gran cresta sobre la cabeza del teranodonte pudo haberle servido de timón para maniobrar en el aire.

Páginas 16–17

El teranodonte vivía cerca de grandes cuerpos de agua en América del Norte y Europa. Por su dieta, que era principalmente acuática, el teranodonte prefería estar cerca de las costas de los océanos, ríos o lagos. Los científicos han encontrado pruebas de que grandes cantidades de teranodontes pudieron haberse reunido en cuevas. Otros científicos han sugerido que el teranodonte usaba las uñas de sus manos aladas para aferrarse a las paredes de los acantilados.

Páginas 18–19

El teranodonte vivió hace unos 85 a 75 millones de años durante el período cretácico superior. El teranodonte se extinguió hace tanto tiempo que solo se lo conoce por sus fósiles. Los fósiles son los restos de huesos y otros tejidos que se han preservado en la tierra por millones de años. Se han encontrado fósiles de teranodonte en el oeste medio de los Estados Unidos, especialmente en Kansas, y en Inglaterra. El primer fósil de teranodonte se encontró en Smoky Hill River, Kansas, en 1876. Actualmente, la Universidad de Kansas tiene más de 480 fósiles de teranodonte.

Páginas 20–21

Se puede ir a los museos a ver fósiles y aprender más sobre los teranodontes. Millones de personas en todo el mundo van a los museos todos los años para ver fósiles de dinosaurios y terosaurios en persona. El teranodonte se suele exhibir en la mayoría de los museos más importantes del mundo, entre los que se encuentra el Museo Nacional de Historia Natural de Washington, D.C., e incluso en museos mucho más pequeños, como el Museo de Historia Natural Sternberg de Kansas.

¡Visita www.av2books.com para disfrutar de tu libro interactivo de inglés y español!

Check out www.av2books.com for your interactive English and Spanish ebook!

1. Entra en www.av2books.com
   Go to www.av2books.com

2. Ingresa tu código
   Enter book code

   C673686

3. ¡Alimenta tu imaginación en línea!
   Fuel your imagination online!

www.av2books.com

Published by AV² by Weigl
350 5th Avenue, 59th Floor New York, NY 10118
Website: www.av2books.com   www.weigl.com

Copyright ©2016 AV² by Weigl
All rights reserved. No part of this publication may be reproduced, stored in a retrieval system, or transmitted in any form or by any means, electronic, mechanical, photocopying, recording, or otherwise, without the prior written permission of the publisher.

Library of Congress Control Number: 2014949825

ISBN 978-1-4896-2697-4 (hardcover)
ISBN 978-1-4896-2698-1 (single-user eBook)
ISBN 978-1-4896-2699-8 (multi-user eBook)

Printed in the United States of America in North Mankato, Minnesota
1 2 3 4 5 6 7 8 9 0 18 17 16 15 14

112014
WEP020914

Project Coordinator: Jared Siemens
Spanish Editor: Translation Cloud LLC
Art Director: Terry Paulhus

All illustrations by Jon Hughes, pixel-shack.com.

DEC 1 9 2016